# 내 그리움이 그대 곁에 머물 때

강
원
석

시
집

# 내 그리움이 그대 곁에 머물 때

| | | |
|---|---|---|
| **1판 1쇄 발행** | \| | 2018년 9월 15일 |
| **1판 3쇄 발행** | \| | 2018년 12월 10일 |

| | | |
|---|---|---|
| 지 은 이 | \| | 강원석 |
| 발 행 인 | \| | 조규백 |
| 디 자 인 | \| | 전예진 |
| 발 행 처 | \| | 도서출판 구민사 |
| 주 소 | \| | (07293) 서울특별시 영등포구 문래북로 116, 604호 |
| | | (문래동3가 46, 트리플렉스) |
| 전 화 | \| | (02) 701-7421,7422 |
| 팩 스 | \| | (02) 3273-9642 |
| 홈 페 이 지 | \| | www.kuhminsa.co.kr |
| 신 고 번 호 | \| | 제 2012-000055호 (1980년 2월 4일) |
| 값 | \| | 12,000원 |

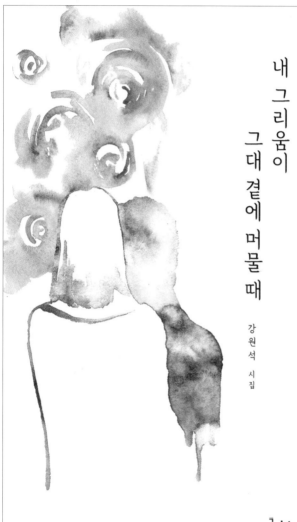

내 그리움이
그대 곁에 머물 때

강원석 시집

구민사

꿈과 희망
그리고 사랑과 위로를


좋은 시는
잎이 울창한 나무처럼 마음의 휴식을 준다.


휴식 같은 시를 쓰고 싶다.
누군가 시 한 편에
마음 한번 쉬어 간다면
시를 쓰는 시간이 마냥 싱그럽겠지.


눈물 같은 시를 쓰고 싶다.
슬픔을 참지 않고
실컷 울어 버리게 만드는
그래서 훌훌 털고 일어나게 하는


누군가 알아주지 않아도
그냥 읽어 준다면
내 고뇌의 밤을 함께한
별들에게 미안해지지는 않겠지.

이 시집을 읽는 모든 사람에게
꿈과 희망
그리고 사랑과 위로를 주고 싶다.


이보다 값진 일이 어디 있겠는가
내가 시를 쓰는 이유다.


이 세상 꽃이 다 져도
나는 한 송이 글꽃을 피운다.




2018년 가을
네 번째 꿈을 꾸며

# 차례

둘. 너에게로 살짝 가고 싶은 날

## 셋. 별처럼 꿈꾸는 너에게

넷. 내 그리움이 그대 곁에 머물 때

다섯. 누군가 두고 간 마음 한 조각

## 여섯. 울고 싶은 너에게

하나

---

너의 곁에 나의 마음 한 뼘

# 마음

나는 가진 게 없어
너에게 줄 것은
마음뿐이네

한없이 넓지만
너 하나로 가득 찰 마음
그 속으로 네가 온다면

낮에는 꽃을 심어
마음을 가꾸고

밤에는 별을 따서
마음을 밝힐게

나는 가진 게 없어
너에게 줄 것은
오직 마음뿐이네

# 초연(超然)


꽃이 예쁜 날
책 한 권 펼친다


책을 읽다가 꽃을 보고
꽃을 보다가 책을 읽고


행여 바람이라도 불어오면
젖은 마음 날려 버리고


흐르는 강물 위에
돛단배 띄워 놓듯


떠나가는 시간 속에
나를 던진다

# 구름처럼

온몸으로 해를 가려
시원한 그늘을 만들고

품고 있던 촉촉한 빗물로
마른 땅을 적시고

그림 같은 파란 하늘에
하얀 양떼도 풀어놓고

바람 따라 떠다니다
산꼭대기에 앉아도 보고

밤이 되면
별들에게 자리를 내어 주는

저 구름처럼
나도 그렇게

# 나뭇잎 소리

바람이 나뭇잎을 흔드는 소리
햇살에 나뭇잎이 반짝이는 소리


소곤소곤
귓가에 들려오면


하나씩 가슴속에 쌓여 가는
사랑 사랑 사랑


그 소리에 나는
자꾸만 수줍어라

# 노을처럼 살다가

친구여
저녁이 오면

해가 지는 들판에 나가
하얀 구름으로 공을 만들어
노을이 그물 쳐진 하늘에
발로 뻥 차며 별을 부르자

친구여
가을이 오면

노란 햇볕 머리에 이고
코스모스 꽃잎으로 수를 놓아
바람이 놀다 가는 언덕에
살짝이 깔아 놓고 노랠 부르자

누군가 떠나야 할 그곳에
흰 눈이 뜨겁도록 내리면


친구여
너는 슬퍼 말고


노을처럼 살다가 바람처럼 사라질
찬란했던 오늘을 하나둘 줍고 가자

# 꽃밭에서

꽃이 좋아
꽃밭에 앉았더니

얼굴엔 꽃물 배어
꽃향기 피어나고

옷자락엔 꽃 그림자 가득
나비가 날아드네

세상 어디에 나는 없고
꽃잎만 무성해라

# 꽃이 진 자리

꽃이 진 자리에
마음 하나 심으면

설레는 마음
수줍은 마음
사랑이 자라고

꽃이 진 자리에
그리운 너를 심으면

싱그러운 향기
소담스런 빛깔
다시 꽃이 피고

# 배려

바람도
때로는 갈대를 피해서 분다

빗물도
가끔은 나뭇잎을 적시지 않는다

달빛도
한 번쯤 별빛에게 밤을 양보한다

오늘은
꽃잎을 바라보는 그 눈길도
잠시 거둔다면 좋겠지

마냥 아름다울 수는 없으니

# 소녀

그대
별이 보고 싶어
밤을 기다린 적이 있는가

토도독거리는
빗소리와 놀고 싶어
우산을 접은 적이 있는가

별빛에 가슴 설레고
빗소리에 마음 달래는

나는 그대가
그런 사람이면 좋겠다

그리고 그 옆에
언제나 내가 있었으면 좋겠다

# 저녁 그리고 아침

저녁이 오면
노을을 배웅하고
별을 마중 나가자

반짝이는 별빛에 마음 쬐고
책장을 넘기듯 하루를 넘기자

아침이 오면
별을 배웅하고
해를 마중 나가자

밝아 오는 햇살에 두 손 모으고
목말랐을 꽃잎에 물을 주자

일상이 영그는 소중한 시간
아침이 기쁘고 저녁이 고맙다

# 가끔은

가끔은 하늘을 보자

태양은 눈부심을 다하고 있는지
구름은 바람 따라 흘러가는지
꽃무지개는 어딘가에 피었는지

가슴에 따스한 빛을 품어
마음이 차가운 날 살짝 볕 쬐어 보자

가끔은 밤하늘을 보자

달은 둥글게 차올랐는지
별은 푸르게 빛나는지
어둠은 얼마나 깔렸는지

두 눈 속에 달과 별을 담아
마음이 어두운 날 하나씩 꺼내어 보자

# 너의 곁에 나의 마음 한 뼘

너의 곁에는
늘 향기가 가득하다

너의 곁에는
늘 햇살이 빛난다

신비로운 너의 곁에
조금씩 가까워진다

너에게 다가간 내 마음
이제 한 뼘 남았다

# 이유

하늘에 별이 빛나는 건
누군가 별을 보며
소원을 빌어야 하기 때문입니다

새소리가 노래처럼 들리는 건
숲속 푸르름이
새들을 즐겁게 만들기 때문입니다

나의 삶이 아름다운 건
내가 그대를
이유 없이 사랑하기 때문입니다

둘

너에게로 살짝 가고 싶은 날

## 너를 위해

별들이
어둠을 태우고 빛을 밝히면
아침이 온다

꽃잎이
이슬을 머금고 향기를 뿜으면
나비가 난다

하늘에 별을 달고
땅에 꽃씨를 심었다

아침이 오고 나비가 날면
빛과 향기 속에 깨어날

너를 위해

# 나의 마음을 본다면

나뭇잎에 맴도는
바람의 속삭임을 본다

꽃잎에 앉은
나비의 숨결을 본다

밤하늘에 빛나는
별들의 설렘을 본다

그리고
두근거리는
나의 마음을 본다

너도 함께 볼 수 있다면

# 문득


바람이 불어와
꽃향기 날아들면


보고픈 그 사람도
바람 따라오려나

# 그리움


눈물 한 방울
그것이
그리움이라면


나는
울다가 울다가
바다에 빠지겠지

# 가을 나무 옆에서

갈잎이 초록을 삼켰다
여름이 떠난 자리에 가을이 자란다

그 옆에 살포시 앉아 보니
계절은 맛깔스럽게 스며든다
아, 달구나 가을은

겨울은 또 어떤 모습인가
한 번쯤은 기다려도 보려니

둥글게 둥글게 그렇게 오면은
푸르름은 미련 없이 놓아야지
나의 겨울은 가을처럼 달 테니

# 가을 아쉬움

가을이 떨어진다
샛노랗게 사락사락

떨어진 가을이
소복이 쌓였다

두 손 벌려 한 움큼
가을을 줍는다

가을,
딱 이만큼만 내 곁에 머물러라

# 하늘을 보다가


바람이 구름을 쓸고 간다
구름이 바람을 타고 간다


빼꼼히 보였다가 숨었다가
시원한 햇살은 나뭇잎에 뒹군다


머물고 싶은,
하루가 또 간다

# 별꽃

별꽃이 싹트는 저녁에
나비처럼 생긴 구름 한 조각
너울너울 날아와 하늘 밭을 맴도네

별꽃을 꺾어서
그녀에게 가져가면
나비구름 하나둘 쫓아서 따라올까

수많은 별꽃송이 하나만 따다가
우리 님 예쁜 방
유리병에 꽂아 두면

별꽃도 꽃이라 향기롭게 웃음 짓고
별꽃도 별이라 밤새도록 빛나겠지

늦은 저녁 지붕 아래
어둠은 짙어 가고 마음은 밝아 오네

## 예쁜 하루

볕이 좋은 날
시 한 편에 마음 주다가
누군가 부르는 것 같아
살짝 눈길을 돌리니

담장 아래 꽃 한 송이
산들거리는 바람 타고
몸짓하며 나를 본다

목이 말랐을까
손길이 그리웠을까

다정한 눈빛으로
물 한 모금 권해 보면
햇살도 어느 틈에
탁자 위를 기웃하네

꽃도 햇살도

사랑 듬뿍 주고 싶은

곱고 예쁜 하루에


시간은 한가롭고

마음은 향기롭다

# 너에게로 살짝 가고 싶은 날

바람이 부는 날은
흔들리는 꽃잎 따서
너에게로 살짝 가고 싶은 날

너는 반겨 주겠지
달콤하게 피어난
꽃향기가 좋으니

구름이 예쁜 날은
하얀 종이 펼쳐 놓고
편지 한 장 쓰고 싶은 날

너는 읽어 주겠지
마음을 가득 담아
사랑인 줄 알 테니

# 말하지 않아도

가르쳐 주지 않아도
나뭇가지에 꽃이 핀다

알려 주지 않아도
노을은 붉게 물든다

원하지 않아도
저녁은 오고 별은 뜨더라

이제 말하지 않아도
너는 내 마음 알겠지

## 상심

마음을 잃어버렸다
그리도 간절했는데

간수하지 못한 탓일까
받아 주지 않은 탓일까

다시 찾아도 이제
내 마음이 아니다

# 혼자 이별

둘이 하는 사랑이고
둘이 하는 이별인데

나는 왜
혼자 사랑하고
혼자 이별하나

둘이 될 수 없는 너여서

혼자 사랑하고
혼자 이별하네

안녕
외롭게 사랑했던 나

셋

———

별처럼 꿈꾸는 너에게

# 너 때문에

노을이 물들다가
내게 물었다

너는 왜 붉은 거야?

나는 아무 말 없이
미소만 지었다

비밀이야

# 장미를 보며

장미에게 물어보았다
어쩌면 이리도 아름답게 피었니?

장미가 말한다
사랑 앞에서 어찌 아름답지 않으리?

장미는 자신을 바라보는
모든 것을 사랑하였나 보다

사람이 무언가를 보아야 할 때
장미를 보는 마음이라면

세상의 그 어떤 것도
장미처럼 아름답게 피겠지

# 젊음에게

세찬 비바람이 불면
나무는 그 빗물로 꽃을 피운다

벽이 높을수록 담쟁이는
더 무성하게 뻗어 간다

뜨거운 태양을 피하지 않은
열매가 달게 익는다

시련 없는 삶이 어디 있으랴
그것은 또 다른 기회인 것을

누구에게나 저녁은 오지만
삶의 가치를 아는 사람만이
아름다운 저녁을 맞는다

날아라 젊음아
먼 훗날 너의 하늘은
또 다른 누군가의 꿈일 테니

# 별처럼 꿈꾸는 너에게

비 오는 날
별이 숨어 버렸다고
투정하지 마라
구름보다 더 높은 곳
그곳에 별이 있으니


맑은 날
별이 보이지 않는다고
실망하지 마라
해가 지고 밤이 오면
하늘에서 빛날 것을


별은 언제나
너의 곁에 있으니
가슴속에 뜨거운 것
그것이 별이다

# 즐거움

한 줄 시를 쓰고
뜰 앞에 나오니
어느새 꽃이 피었네

두 줄 시를 쓰고
그 앞을 서성이니
더없이 향기로워라

세 줄 시를 쓰고
너를 바라보니
네 얼굴이 꽃이구나

# 사랑가

그대 나의 사랑 노래
아껴 들어라
듣다가 듣다가 지겨워질라


그대 너의 사랑 노래
아끼지 말아라
들어도 들어도 또 듣고 싶으니


그대 나의 웃는 얼굴
조금만 보아라
보다가 보다가 싫증이 날라


그대 너의 웃는 얼굴
감추지 말아라
보아도 보아도 또 보고 싶으니

# 약속

함께 걸었던 눈길 위에
꽃이 피었네

그대 두고 간 사랑이
언 땅을 녹였나

봄바람에 살랑
그 향기 묻어오니

보고픈 사람아
더욱 그리워라

돌아온다는 약속
봄볕에 꽃이 되었네

# 그림 꽃

사부작사부작
봄 따라 왔을까

향기 없는 꽃잎이
이유 없이 아름답다

붓끝에 담은 그리움
한 뼘 화폭에 꽃을 피웠네

# 진달래꽃

진달래 향기 흩뿌린 산길에
하나둘 모여든 햇살을 밟으면

세상은 분홍빛이요
마음은 사랑빛이라

아려한 꽃길 사뿐히 걸어가면
해는 벌써 서산에서 기운다

아, 진달래꽃 흐드러지는데
가여운 소월은 어디에 머무나

# 벚꽃


연분홍 꽃잎이 하늘을 가렸다


일주일 피어서
꽃밭을 만들고


이틀을 떨어져
꽃비를 내리고


하루를 머물러
꽃길이 되었다


일 년을 기다렸는데

# 아카시아 향기

개울물 흐르는 소리
흥건히 스며드는 산 아래 그 집에는

오손도손 오누이
사이좋게 놀고 있다

일 나간 어머니는
오늘도 머리에 별을 이고 오실까

잔잔히 부는 바람에
구름이 흐르듯 노을은 물들고

저녁 어스름에
아카시아 향기 묻어오면

누구에게 주려나
작은 가슴에 꽃향기 품고 또 품는다

# 양귀비꽃

몰래 보았네
너무 예쁜 꽃잎에 눈이 멀 것 같아서

견줄 수 없는 아름다움에
무수한 꽃잎도 한없이 초라해 보여

찾는 이 없는 들길에
홀로 바람 따라가는 가련한 양귀비

열흘을 피었다가 떨어질 삶인데
너는 무엇을 위하여
이토록 간절히 붉고 또 붉은가

지지 마라 꽃이여
너 대신 내가 진들 아무도 모를 것을

# 너

함께 앉아 식사를 합니다
기도를 하자며 쳐다보는 그녀
이미 너는 더없는 축복인데


함께 앉아 음악을 듣습니다
가사가 좋다며 들어 보라는 그녀
네 목소리에 음악은 벌써 묻혔는데


함께 앉아 커피를 마십니다
설탕을 넣을까 물어보는 그녀
너로 인해 지금 충분히 달콤한데

함께 걸으며 꽃을 봅니다
꽃이 아름답다며 좋아하는 그녀
네게 가려 꽃은 보이지도 않는데


함께 밤하늘을 올려다봅니다
수많은 별을 세어 보자는 그녀
이 세상에 별은 너 하나뿐인데

넷

---

내 그리움이 그대 곁에 머물 때

# 내 그리움이 그대 곁에 머물 때

해는 저물어
먼 산 위에 달빛이 앉을 때

헛헛한 그리움 하나
밤이 와도 떠나지 못하고
불빛 흐린 창가를 소리 없이 맴돈다

구슬픈 풀벌레 소리 찬 공기에 흩어지고
달무리도 슬며시 구름 속에 사라지면
지붕 끝에 밤별들은 쏟아질 듯 무성하네

바람도 잠든 시간
내 그리움이 그대 곁에 머문다
나 없이 울지 말라고
나 없이 외로워도 말라고

# 밤이 오면

구름이 해를 가려 밤이 온 줄 알았네
하얀 낮에는 용기가 없어
까만 밤에 말하려 한다네


어둠이 수줍음을 안개처럼 덮어 주면
별빛의 밝음 아래
마음속 두근거림을 살며시 보여 줄거야


구름은 이제 떠나도 좋은데
해는 빨리 저물어도 되는데
하루는 이렇게 더디게 흐르나


밤이 오면
밤이 오면
네 곁에 다가선 내 마음이
별보다 달보다 한참 더 빛날 텐데

## 부부에게

꽃밭에 풀 한 포기 자란다고
꽃밭이 아니지 않듯

잠시 다투었기로
사랑이 아니지 않다

비바람을 견딘 열매가
탐스럽게 여물어 가듯

서로의 어긋남이
더 단단한 사랑을 만들 테니

이렇게 살아도
영원할 수 있다면

나는 그 감사함에
오늘을 산다

# 당신 때문에

당신과 나
함께 세월 속에 있습니다

울어도 웃을 수 있었던 이유
아파도 견딜 수 있었던 이유
오직 당신입니다

인생의 길
한참을 더 걷다가
언젠가 멈춰야 할 때

아련히 붉은 노을 앞에서
지금처럼 그렇게 또 함께라면

우리는 더없이 아름다웠음을
감사하며 저물어 갈 테지요

지나온 시간이 참 행복했습니다
당신 때문에

# 원망

바람이 불어와 꽃잎을 흔들면
그리운 그 사람이 찾아온 것 같아
가녀린 꽃잎을 보고 또 보고


어둠이 내려서 별빛이 반짝이면
보고픈 그 얼굴이 자꾸 생각나
구름 속 별빛을 찾고 또 찾고


꽃은 다시 펴도
어제의 그 꽃이 아니고
별은 다시 떠도
어제의 그 별이 아니네

타버린 지난날도

검게 그을린 오늘도

슬퍼서 또 슬퍼라


무작정 가버린 사람인데

떠나간 너보다 붙잡지 못한 나를

원망하고 또 원망하네

## 사랑합니다

내가 당신을 보낸 건
사랑을 몰라서가 아닙니다
단지 당신의 마음을 몰랐을 뿐입니다
당신이 내 마음을 몰라 떠난 것처럼

당신도 내 마음을 알았더라면
그렇게 가지는 않았겠지요

우리는 사랑을 알면서도
서로의 마음을 몰라서
사랑하지 못했습니다

다시 사랑할 수 있다면
진정 다시 사랑할 수 있다면
그때는 먼저 말하렵니다

사랑합니다
내가 당신을 사랑합니다

# 이젠 안녕

지금 내가 슬픈 것은
당신이 그리워서가 아닙니다
마음속 당신을
조금씩 잊어 가기 때문입니다

지금 내가 아픈 것은
헤어진 고통 때문이 아닙니다
지울 수 없는 당신을
억지로 지워 가기 때문입니다

사랑하고 또 사랑한 사람인데
우리 이제 잊기로 해요
처음부터 모르는 사람처럼
그렇게 무심히 살기로 해요

흐르는 눈물이 마르고 말라
꽃잎처럼 떨어지면
그때 당신을 다시 떠올릴게요

## 누군가의 그리움으로

떠나간 사람은
모두가 그립다

곁에 있는 사람을 사랑하자
언젠가 그 사람도 그리워질 테니

단단한 바위도 바람에 늙어 가는데
사랑하며 살아도 영원할 수는 없는데

이별은 짧아서 아프고
그리움은 길어서 슬프다

그대, 뜨겁게 사랑하고
누군가의 그리움이 되어라

# 떠나는 것

떨어지는 꽃잎이 손끝에 닿았을 때
움켜쥐고 싶었다

세찬 바람이 나뭇잎을 흔들 때
부여안고 싶었다

이별은 아름다운 순간을
슬프게 하지만
사랑은 떠나려 할 때
더 아름답다

온전히 내 것이 되지 못해도
떠나는 모든 것을 붙들고 싶었다

세월에 밀려가는 내가 되기 싫음이고
나 없이 혼자 남을 너도 보기 싫음이라

# 열정

노을이 타다 남았을까
잿빛 하늘은 아직도 붉어라


해가 지면 우는 줄 알았던
귀뚜라미는 밤을 새워
새벽을 깨우더라


앞마당의 우물은
메마른 가뭄에도
바닥을 보이지 않았다


바람에 나부끼던 나뭇잎도
가을이 와서야
그늘을 접는데


너는 지금
무엇으로 사는가

# 여름

여름이 뜨겁다고
불평하듯 말하지 말아야지

한 줄기 햇볕도 목이 마르고
나무 그늘도 지쳐 쉬고 싶다

무수한 봄꽃이 떨어지고
수많은 매미가 울고 울어
눈부신 여름을 만들었다

바람 한 자락 물 한 방울 없이도
누군가 먹을 사과 한 알
그것을 위해 여름은 타고 또 탄다

노을이 붉게 물들 때
떠나는 여름에게 말하리라
너로 인해 가을이 사랑받게 되었음을

# 포도가 익을 때

뜨거웠던 여름의 날들이
포도송이에 빼곡히 박혔다

장대비가 퍼부을 때
포도 한 알 열렸고
태양이 이글거릴 때
포도 한 알 익었다

여름이 깊을수록
빛깔은 곱고 향기는 달아라

한 계절 잘 견뎠으니
송알송알 포도송이
듬뿍 담아 보자

석양이 내리는 들녘에서
고추잠자리 벗삼아
그대 가슴속에

# 낙엽이 떨어질 때

들어 보았나요
낙엽이 구르는 소리를
푸르게 살다가 바람 따라 떠나는
그 맑음을


그대, 떨어지는 낙엽에 아파 말아요
파릇한 잎사귀에 입맞추지 못한
그 미안함에 고개 숙여요


들어 보았나요
사랑이 떠나는 소리를
부족한 사랑에 가슴 아렸던
그 여림을


그대, 떠나는 사랑에 슬퍼 말아요
사랑하며 살지 못한
그 바보스러움에 울고 또 울어요

다섯

———

누군가 두고 간 마음 한 조각

# 한 잎

부는 바람에
그리움 실어라
그 마음 전해줄 테니

지는 꽃잎에
눈물 흘려라
널 위해 다시 필 테니

바람에 꽃잎 날릴 때
서러워 흘리는 눈물

아름답게 사랑한 날들이
한 잎 가슴을 적신다

# 누군가 두고 간 마음 한 조각

자꾸 생각나는 것은
떠나도 영영 가는 게 아니라는
약속처럼 믿고 싶은 그 말 때문이니

나뭇가지에 걸린 바람은
날아가지 못하고
쓸쓸히 잎사귀를 흔든다

보내고 싶어도 보낼 수 없는
이별이라 더 슬픈데
안고 싶어도 안을 수 없는
사랑이라 더 아픈데

다시 너를 담아 볼까
그냥 모른 척 보내고 말까
또 그렇게
누군가 두고 간 마음 한 조각

# 비 오는 날

물이 고인 바닥 위로
꽃잎 하나 날아든다

비가 오는 흐린 날은
꽃이 지기 좋은 날

젖어 가는 시간 속에
꽃잎 여럿 떨어지면

소리 없는 이별 앞에
내 마음도 비틀댄다

비가 오는 흐린 날은
꽃이 져서 슬픈 날

# 아픈 사랑

내 기억 한 곳에 늘 자리한
무언가가 너라면

내 가슴속 허전함은
견딜 수 없는 외로움이겠지

내 추억 한 장을 가득 채운
누군가가 너라면

내 마음속 아릿함은
잊을 수 없는 그리움이겠지

이렇게 혼자인 채
허전하고 아린 것도 사랑이라면

나는 슬픔으로 눈 뜨고
고통으로 눈 감아도
너를 위해 아파하고 또 아파하리

# 어느 슬픈 날

나는 살았으니 그리워한다
이별 없이 흩어진 꽃송이를

너는 떠났으니 그리워 마라
고목으로 남아도 살아갈 테니

단 한 번 보고 싶은 그대여
너 없이 활짝 핀 꽃들이
붉고 또 붉어서 서러워라

이 마음 태워서 거름을 만들고
이 눈물 모아서 빗물로 뿌리니

바람결에 부서진 그대여
정녕 너는 다시 꽃으로 피어라

# 미련

내 곁을 떠났다고 너를 잊겠는가
그렇게 헤어져도 마음은 남으니


내 옆에 없다고 사랑을 모르겠나
그립고 그리운 게 사랑이고 사랑이니


훌쩍 가버린 야속함이
가슴에 남겨둔 사랑보다 더 클까


떠나간 사람이여
혹여나 달빛 푸른 밤에 다시 온다면


나는
떨어지는 저 달을 붙잡고 붙잡아서


그대 오는 어두운 길
달빛으로 환하게 비추고 비추리라

# 가을에 떠나는 사람에게

그대 머물지 못하고
나뭇잎이 붉게 질 때
그렇게 떠날 거라면

우두커니 남은 나를
가여워도 말고
어쩌다 생각지도 말기를

겨울이 와
혼자 흰 눈을 맞으면
내 뜨거웠던 가슴은
얼음보다 더 차가울 테니

부디 잊지 마라
분홍빛 꽃잎에 향기가 피던 날

그러나 이제
내 곁에 너는 없다

# 구절초

햇볕 구르는데 가을은 저물고
지지 못한 구절초 꽃잎이 외롭다


이 빠진 톱니바퀴처럼
꽃잎은 부러지고 떨어지고


향기는 어제 내린 빗물 속에 숨어 버렸다
시들어 야윈 마음 무엇에 기대려나
구절초 맑아서 아픈 꽃이라


백설이 포슬포슬 온 세상을 덮으면
너의 꿈도 누군가의 사랑도
묻혀서 흩어질 것인데


그대
어서 바람 따라가거라
좋은 날에 다시 꽃으로 피어야 하느니

# 생각의 이유

생각 없이 살지 마라
생각하며 살아야 희망이 있나니

한 번의 인생인데
생각 없이 살다 보면 젊음도 쉬이 가나니

하물며 새벽을 깨우는 저 닭도
깊은 생각 속에 목청껏 운다

이름 없는 들풀도
겨우내 생각하고 봄볕에 나오더라

지금은 힘겨운 너도
많은 생각 끝에 이 세상에 태어났다

# 태양처럼

하늘의 태양처럼
그렇게 살고 싶다

세상이 우러러보는
선망의 태양이기보다
누군가의 아침을 열고
누군가의 희망이 되는

구름에 가렸어도
존재만으로
달과 별이 더 빛나는
그런 태양이고 싶다

나의 인생아
너는 태양처럼 살다가
저 노을처럼
아름답게 물들어 가라

# 한 번쯤

한 번쯤 거울 앞에서 나를 보자
무엇에 지치지는 않았는지
무엇에 상처받은 것은 없는지
거울 보며 환하게 웃어 버리자

한 번쯤 꽃을 보듯 주변을 보자
누구를 지치게 하지는 않았는지
누구에게 상처 준 적은 없는지
꽃을 품듯 남도 안아 주자

한 번쯤 별을 세며 꿈을 꾸자
모른 척 잊고 살지는 않았는지
쉽게 포기한 것은 없는지
별 만큼 빛나지는 못해도 별처럼 살아 보자

# 세월 앞에서

세월이 감을
원망하지 않기로 했다

시간의 흐름 속에
꽃잎이 잘남을 아무리 뽐내도

바람 앞에 맞서
떨어지지 않으면 부러질 것을

꽃이 져야 열매가 맺히는
슬픈 아름다움인데

우리 그냥
바람 앞에 꽃인 듯 그렇게 살자

# 어머니의 꿈

햇볕 쨍쨍하던 날
어머니가 빨래를 하신다

동생은 흙바닥에 앉아
작은 꼬챙이로
이리저리 그림을 그리고

나이 든 누렁이
그늘에 턱 괴고 누워
물끄러미 그 모습 바라본다

어머니 도와 빨랫줄에
긴 작대기 받쳐 올리면
그 많은 빨래가 하늘을 날았다

연이 날 듯 파란 하늘에
작은 행복이 휘날리던 날

제비 여러 마리 허공을 맴돌고
날아가는 비행기에 손인사 하던
내 어린 시절, 드높은 하늘


그 아래 마당에서
꽃처럼 고운 우리 어머니
무지개보다 아름다운 꿈을 꾸신다

여섯

—

울고 싶은 너에게

# 겨울 하늘

구름도 숨어 버린
파아란 겨울 하늘

그 차가움이 미워서
손 붓으로 잔뜩
뭉게구름 그려 넣어요

어쩌나
마음이 그린 그림에
흰 눈이 펑펑 내리네

차라리
봄볕을 그릴 걸 그랬나
꽃들이 울긋불긋 필 것을

# 흰 눈

흰 눈이
사각사각 내립니다

아이의 눈에도
아빠의 눈에도
세상은 온통 하얗습니다

눈이 녹아도
하아얀 세상은

아이의 꿈속에
아빠의 가슴에
녹지 않고 쌓였습니다

# 눈 내리는 아침

눈 내리는 아침에는
가끔씩 까치가 울어 주면 좋겠다
반가운 사람이 찾아 오겠지


눈 내리는 아침에는
애써 바람은 불지 않아도 좋겠다
솜털 같은 흰 눈이 푸근히 쌓이게


눈 내리는 아침에는
반가운 사람과 눈길을 걷고
하얀 발자국을 수없이 남기고
서로의 이름을 손글씨로
눈 위에 또박또박 쓰고


눈 내리는 아침에는
눈물 한 방울 가슴에 숨겨 두고
그렇게 그렇게 지난 날들을 깨우고 싶다

# 눈 내리는 밤

불빛이 사라진 어두운 밤
마음에 품은 그 사람을
그리워서 그리워서
마냥 그리워합니다


밤별도 떠나간 외로운 밤
잊을 수 없는 그 사람을
아파서 아파서
마냥 아파합니다


흰 눈이 내리는 쓸쓸한 밤
언젠가 사랑한 그 사람을
지우려 지우려
마냥 지우려 합니다

# 후회

문틈을 비집고 들어온 바람이
온기를 밀어낼 때
해는 저물고 있었다


잊혀진 줄 알았던 이름 하나가
기억 한 구석에 남아
야위어 가는 하루를 붙들고 선다


뜨거워서 뜨거울 줄 알았던 그때의 시간은
어느 계절이 말라 갈 무렵
차가운 이별을 불렀다


나무 밑동에 수북이 떨어진
색 바랜 잎사귀보다 가여운
우리 아파한 흔적들


밤을 채워가는 어둠처럼
내 몸을 삼기려 드는 질긴 그리움 하나

아, 나라는 사람
너를 보낸 어리석음에 가슴 저미니

이제 사랑하는 법을 잊을 때까지
나 그댈 위해 울어 주리라

# 책의 향기

아름다운 꽃은
피어 있는 날에는 향기가 은은합니다

잘 빚은 술은
비워지기 전까지 향기가 깊습니다

따뜻한 사람은
함께하는 동안 향기가 머물지요

우리가 읽는 책은
덮어 두면 그냥 책이지만
펴서 읽으면
온갖 향기가 퍼져 나옵니다

책 속에는

아름다운 꽃과

잘 빚은 술과

따뜻한 사람의 향기가

가득 숨어 있기 때문입니다

# 아파하는 너에게

꽃술을 보듬은 나비 한 마리
그 아픔을 알까
나뭇잎 흔드는 바람 한 자락
그 아픔을 알까

그냥 날아들고
그냥 불어온다

아파하는 그대여
오늘만 아파라
우리는 모두
아픔 하나 품고 사는 것을

대신 할 수 없고
대신해 주지도 않는
오롯이 너의 인생이라

묵묵히 붉은 꽃처럼

더 높게 푸른 나무처럼

내일이 되면 세상은

다시 밝음으로 깨어날 테니


아파하는 그대여

부디 오늘만 아파라

# 고별

어느 바람 부는 날

내가 떠나거든

그대, 바람 앞에서 슬퍼 마라


어느 비 오는 날

내가 떠나거든

그대, 빗소리에 마음 달래어라


어느 햇볕 좋은 날

내가 떠나거든

그대, 모르는 척 웃어버려라

어느 꽃 피는 날,

그날 내가 떠나거든

그날은 서럽게 울어라


꽃잎이 흐드러지게 붉을 때

그대 곁에서 무언가 떠나버리면

그때는 부디 눈물을 감추지 말아라

# 빗물

눈물이 흐를 때
때마침 비가 와 주었다


젖은 얼굴에 비가 내리면
아무도 우는 줄 모를 테지


차가운 빗물만이
슬픈 시간을 함께하고


어느덧
비가 그치면


흠뻑 젖어 버린 마음은
다시 혼자가 되어


아프게 아프게
또 눈물을 흘릴 테지

# 비의 단상

봄에는
새싹이 꽃피고 싶어
봄비에 흠뻑 젖습니다

여름에는
햇살도 목이 타서
소낙비를 맞습니다

가을에는
물감을 풀어 놓은 빗물에
단풍잎이 물듭니다

겨울에는
눈꽃으로 피지 못한 설렘이
비가 되어 내립니다

# 가을이 나뭇잎에 앉을 때

뜨겁던 매미 소리
노을빛에 식어 가고

은근한 귀뚜라미 울음
땅거미를 타고 놀 때

방황하던 계절은
초록 위에 머문다

오는 가을을 맞으려 하나
떠나는 여름을 붙들고 싶나

한 잎 나뭇잎은
스치는 바람에 파르르 떤다

# 울고 싶은 너에게

울고 싶을 땐
그냥 울어 버려요
하염없이 눈물을 쏟으며
슬픔 속에서 마음을 건져내어요

향기 짙은 꽃송이도
울고 싶을 땐
바람결에
꽃잎을 떨굽니다

반짝이는 저 별도
울고 싶을 땐
구름 뒤에서
빗물을 뿌립니다

울고 싶을 땐
그냥 울어 버려요
꽃 한 송이, 별 하나
그대와 함께 울어 줄지 몰라요

시인의 말

# 일상의 언어로 삶을 노래하다

시를 쓰다 보면 다양한 소재가 참 많다. 그중에서도 나는 꽃과 별과 바람 그리고 하늘과 구름과 노을을 좋아한다. 아마도 내 시의 많은 부분을 이들이 차지하는 것 같다. 자연 속에 무수한 소재들이 있으니 시를 쓰는 시간이 즐겁고 상쾌하다. 시를 읽는 독자들도 같은 느낌을 받았으면 좋겠다.

네 권의 시집을 내는 동안 기억에 남는 세 명의 독자가 생겼다.

한 명은 마산 부모님 댁의 이웃 아주머니다. 우울증을 겪고 계셨는데 아버지께서 시집을 선물하셨다. 얼마 후 시집을 읽고 우울증이 많이 나았다며 고마움을 표시했다고 한다. 나로서도 의미 있는 일이지만 부모님께서 받았을 감동 때문에 더 기뻤다.

또 한 명은 이화여대 작곡과에 다니는 한 여학생이다. 서점에서 두 권의 시집을 사서 읽고 곡을 붙이고 싶다며 출판사로 연락을 해왔다. 이 학생 덕에 내 시는 노래가 되었다.

마지막 한 명은 서울의 한 고등학교에 다니는 고 3 남학생

이다. 대입을 앞둔 이 학생은 시집을 읽고 마음에 드는 시가 많아 메일을 보냈다고 한다. 계속 좋은 시를 써 달라는 부탁의 말도 남겼다.

시를 읽고 감동과 위로를 받는 독자들, 이런 분들이 있어서 나는 계속 시를 쓴다. 그리고 좋은 글과, 좋은 마음을 전하기 위해 부단히 노력하게 된다. 책 읽기를 게을리하지 않고, 사색하기를 습관처럼 즐기게 된다. 스스로의 내면을 다듬고 부족함을 메우려 늘 정진하게 된다.

릴케는 "필연성이 훌륭한 예술작품을 만든다"라고 했다. 시를 통해 행복을 찾는 독자들, 그들을 위해 시를 쓰는 것이 나의 필연성이라면 나도 언젠가는 훌륭한 예술 작품을 만들 수 있지는 않을까! 아름다운 날을 선물해 준 꽃들에게 한번 물어나 볼까! 고뇌의 밤을 함께 보낸 별들은 그 답을 알까! 오늘도 나는 꽃과 별, 자연을 보며 또 시를 쓴다. 그것이 필연이라 생각하며.

· 마음을 보태어 주신 분께 감사드립니다

강경문 강석 강병환 강성광 강수경 강영숙 강예진 강유미
강윤미 강인정 강정화 강철홍 강하경 강하림 강하민 강형구
강형숙 강혜자 고기동 고병석 고옥희 권도영 권보현 권애숙
김경란 김경리 김경섭 김계희 김달수 김덕우 김동훈 김명숙
김명희 김미경 김미림 김민정 김명영 김미숙 김복란 김봉현
김상규 김상욱 김선동 김선주 김소영 김수진 김숙진 김숙희
김양순 김연주 김영민 김영희 김옥식 김완식 김위자 김윤곤
김인혜 김임순 김장주 김재월 김정민 김정숙 김정애 김정이
김정한 김종연 김좌열 김주미 김지애 김진엽 김태진 김택
김학창 김향희 김헌국 김현미 김현수 김현자 김효 김훈기
김흥규 남궁효정 노양호 노희숙 도춘석 류미화 류순구 류시완
류인순 맹성헌 문귀영 문귀현 문정숙 미야 민문희 민종홍
바우르잔 박결희 박광진 박동주 박명환 박선경 박선주 박성민
박성희 박송이 박수련 박수연 박수정 박승종 박시후 박영국
박오례 박은정 박은주 박인숙 박임석 박정숙 박종미 박지영
박태훈 방유진 배영화 배효영 백종현 백홍재 변성민 변정필
서민학 성규환 성기노 소기옥 손미정 손병진 손유진 손정현
손정희 송해주 신승렬 신항윤 심봉준 안상원 안성민 안영

양성욱 양승호 양윤미 염동진 오드리 오신다 오영은 오종학
오주현 오흥금 우금석 원규화 유경순 유리 유승연 유은숙
유진경 윤경숙 윤성희 윤순화 윤정희 이강신 이건호
이기환 이다원 이도기 이명기 이미경 이보란 이상우 이상진
이상희 이서연 이석렬 이선조 이소정 이승삼 이승환 이승희
이연숙 이영은 이영주 이예나 이예솔 이유화 이은경 이은실
이재진 이정국 이종성 이지은 이진석 이진아 이진희 이태권
이향란 이현주 이혜경 이혜린 이희승 임연아 임영숙 임종헌
장석규 장인석 장정옥 장한숙 전봉희 전은영 정경숙 정경진
정예운 정은희 정재규 정종필 정주영 정중석 정충신 정현숙
조성현 조영란 조영수 조은정 조인경 조정화 조제덕 조중현
조학주 조현일 조현주 조희현 주진호 지대한 진윤식 진은정
천황주 천희정 최규태 최명현 최숙자 최영미 최예지 최은신
최재영 최재정 최종철 최주원 최지율 최창근 최현숙 최현의
표성미 표정희 하경애 하형석 한수진 한재숙 한혜경 허기철
허승 허식 홍경숙 홍석진 홍정은 홍희정 황명석 황성주
황수진 황일경 황조혜 황진순

좋은 詩를 읽는 것은
좋은 친구를 사귀는 것과 같다